@infinity6ix

卷七

極速驚魂

SAGEBOOKS
HONG KONG

自太古時代，
　經歷了多少改朝換代、滄海桑田，
　然後……

沉寂着的黑暗力量，
　出現了蠕動的跡象。

在廣闊無邊的穹蒼，

星宿時離時合，

閃着謎一樣的訊號。

十八顆沉睡中的星星，
依然無聲地在等待……

土之編
話説……

雙生兄妹治尚、治言穿梭時空，
救了外星人米藍一命。

同時，一連串的怪異事件先後發
生。羽軍、阿特、存美、Teddy、
治言和治尚六位身懷特技的小學
生克服猜忌、排除困難，逐一解

開疑團，更彼此成為好朋友。

正當大家以為功德圓滿，相聚一起要慶祝的時候，出現了新的情報。他們感受到一股陰森的力量正向着他們而來……

誰是誰

cún měi

存美

精通外語的
美術家少年

rěn zhě

忍者

存美的知己

qi fū

奇夫

外國人

TEDDY
立志成為
體操教練

xiǎo nǚ hái mā ma
小女孩&媽媽
贈送木球
給Teddy

時間線 TIMELINE

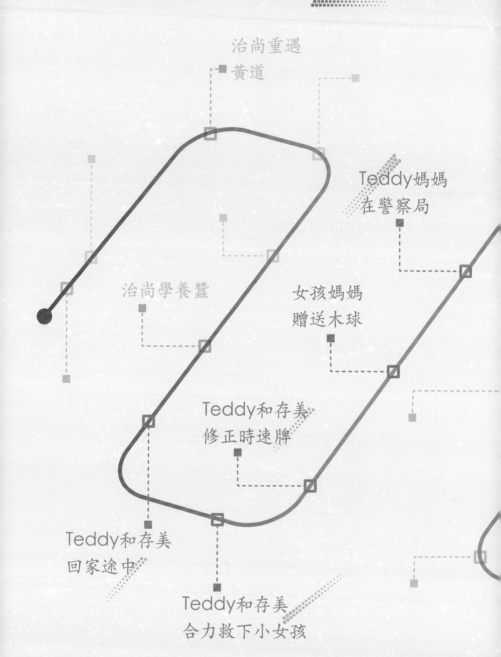

治尚重遇
黃道

Teddy媽媽
在警察局

女孩媽媽
贈送木球

治尚學養蠶

Teddy和存美
修正時速牌

Teddy和存美
回家途中

Teddy和存美
合力救下小女孩

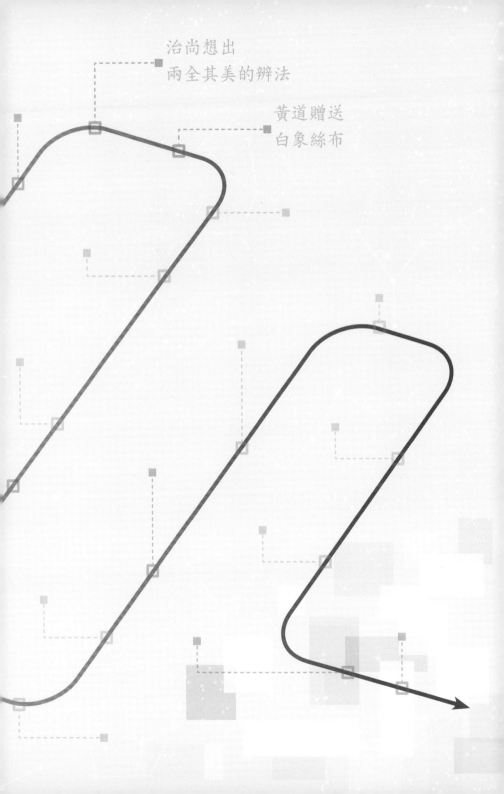

治尚想出
兩全其美的辦法

黃道贈送
白象絲布

第壹章

存美和
Teddy一起從
圖書館出來。

這個學期他們在補習中心報讀了同一班的生物先修課，今天約好了一起做作業。

做完了作業，他們說要
一起去吃點心。兩個人走在
一條下山的小街上，街上人
不多，車也不多。

「對了，存美你上哪間學校？」Teddy好奇地問存美。

存美想了一下才說：
「我沒有上學。」

「咦？怎麼可能？」

Teddy 感到太意外了。

「因為我爸工作的關係，我們經常要搬家，到不同的國家或城市，這裏住半年，那裏住幾個月，所以

6

我從小就沒有上過學。」

　　「可是你的作業都做得那麼好。」

　　「不上學並不代表不學習呀，」存美笑了，「很小的時候是我爸在家教我，後來等我會自己看書了，我就

自學。然後有機會就上一些補習班，像現在這樣。」

「那就是說你沒有同學，也沒有朋友。」Teddy心裏很同情存美。

「怎麼會沒朋友呢？忍者就是我的好伙伴呀。」存

8

mĕi shuō

美說。

cún mĕi xīn lǐ hái xiǎng　　ér qiĕ wǒ

　　存美心裏還想：而且我
yĕ rèn shí zhì yán　　　yĕ rèn shí nǐ　　hái
也認識治言，也認識你，還
yǒu dàn gāo diàn de tóng shì a
有蛋糕店的同事啊。

「忍者是誰？會功夫的嗎？」Teddy問。

「是我的小烏龜。」存

美告訴她。

「甚麼？」Teddy忍不住哈哈大笑起來，「哈哈……怪不得你老是慢吞吞的。原來是因為你經常和烏龜作伴！」

存美也一起笑了。

Teddy心直口快，想到甚麼說甚麼，存美和她做朋友感到很開心。

「那你呢？你為甚麼會來上生物課呢？」存美問Teddy。

「我呀⋯⋯我以後要當

一名體育教練。」Teddy從小的理想就是要像她媽媽一樣，成為一名出色的教練。

Teddy平日對自己的生活很在意，她每天都把自己當成一個專業運動員一樣：

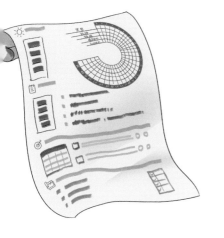

chī dōng xi　　yī zhuó　　huó dòng dōu hěn yǒu
吃東西、衣着、活動都很有
tiáo lǐ　　gōng kè hé tǐ yù liàn xí yě dōu
條理；功課和體育練習也都
hěn rèn zhēn　　tā měi tiān de yī qiè zuò xī
很認真。她每天的一切作息
dōu shì nà me jǐng jǐng yǒu tiáo
都是那麼井井有條。

Teddy反過來問存美：
「那你呢？你是想當醫生
嗎？」

　　「才不是，」存美說，
「我喜歡記生字，而剛好生
物科就有很多生字。就像上

星期老師說的trapezius就來
自拉丁文……」

Teddy難以相信地看了
存美一眼，心想：居然會有
喜歡記生字的人，這個存美
真是與別不同，看來也只有
他才會喜歡和不會說話的小

烏龜作伴了吧。

　　就在他們兩個人一個在說生字，一個在想體操的時候，忽然聽見身後好幾聲巨大的、急速的車號聲。

第貳章

cún měi hé
yī qǐ zhuǎn huí

存美和Teddy一起轉回

tóu kàn

頭看。

zài tā men de shēn hòu yī gè xiǎo nǚ

在他們的身後一個小女

hái zài zhuī qì qiú gāng hǎo zǒu dào le mǎ

孩在追氣球，剛好走到了馬

路中間，而一輛黃色的小汽車正快速地從山上開下來，停不住的樣子，眼看就要撞到小女孩了。

小女孩十分危險！

小女孩的媽媽嚇得掉下了手裏拿着的兩包東西，站

zài nà ér yī shí méi le fǎn yìng
在那兒一時沒了反應。

yī kàn jiàn　　xiǎng dōu lái
Teddy一看見，想都來
bù jí xiǎng　　mǎ shàng zhāng kāi shuāng jiǎo yī
不及想，馬上張開雙腳一

跳，來到小女孩身旁，一把將她推向行人路。

小女孩安全了！

可是當Teddy回過頭來，自己倒來不及了。那輛黃汽車離她只有一尺！

「不好了！」Teddy心
裏叫道。

然而就在這時，汽車居
然慢下來了。

而同一時間，路邊面包店門口的一張桌子飛了過來，桌面倒過來先着地，落在了Teddy和汽車的中間，汽車停住了。

一切都停下了！

Teddy張大着嘴巴和眼睛，不相信自己有這麼好的運氣。

汽車的司機連忙下了

車，跑着過來了。他神情着急，一口氣不停地向Teddy說了許多的話，可是Teddy完全聽不明白他的話。

存美走了過來，問
Teddy：「你受傷了嗎？有
沒有被撞到？」

「我沒事。」Teddy拍
了拍衣服。她一邊回頭去看
那小女孩，一邊指着那司
機，問存美：「他在說甚麼

呀？為甚麼在這條小路上居然開車開那麼快？」

　　存美對Teddy說：「他是外國人呢。我去和他說話。」

　　存美因為從小在不同的國家生活過，所以會說好幾

種語言，他就和那外國人談
起來了……

這時，小女孩的媽媽拉
着小女孩的
手跑了過
來。

女孩媽媽對Teddy連連說道：「太感謝你了⋯⋯你自己有沒有受傷？」

Teddy笑着搖搖頭說：「我沒事。」

她舉頭望見小女孩的氣球停了在面包店門口高處的

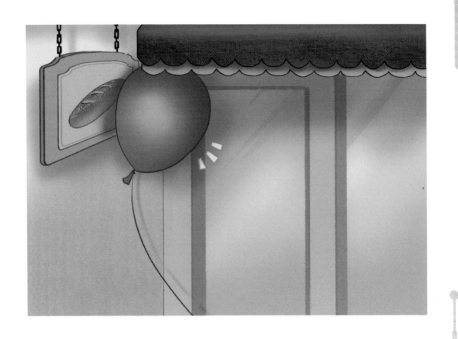

一塊牌子那裏，看起來風一
吹又會再飄走的樣子。

　　她彎下身對小女孩說：
「姐姐幫你將氣球追回來，

好嗎？」

小女孩點點頭。

Teddy走過去，輕輕地
一跳，就把氣球拿下來了。

小女孩接過了氣球，笑
得很開心，上前親了Teddy

<ruby>一<rt>yī</rt></ruby><ruby>下<rt>xià</rt></ruby>。

Teddy <ruby>對<rt>duì</rt></ruby><ruby>小<rt>xiǎo</rt></ruby><ruby>女<rt>nǚ</rt></ruby><ruby>孩<rt>hái</rt></ruby><ruby>說<rt>shuō</rt></ruby>：
「<ruby>馬<rt>mǎ</rt></ruby><ruby>路<rt>lù</rt></ruby><ruby>上<rt>shàng</rt></ruby><ruby>有<rt>yǒu</rt></ruby><ruby>汽<rt>qì</rt></ruby><ruby>車<rt>chē</rt></ruby>，<ruby>很<rt>hěn</rt></ruby><ruby>危<rt>wēi</rt></ruby><ruby>險<rt>xiǎn</rt></ruby>，
<ruby>以<rt>yǐ</rt></ruby><ruby>後<rt>hòu</rt></ruby><ruby>要<rt>yào</rt></ruby><ruby>小<rt>xiǎo</rt></ruby><ruby>心<rt>xīn</rt></ruby><ruby>啊<rt>a</rt></ruby>！」

小女孩點點頭。

這時，在一旁和那外國人說話的存美走過來將事情告訴了Teddy。

那外國人叫奇夫，十天前剛搬來這座城市。因為今天放假，所以奇夫就開車到

處看看，想好好地認識一下這座城市。

他明明看見這條路寫着的時速是80公里，而他的汽

車才開着75公里，所以就放心地一邊放着音樂，一邊開着車。可是沒想到這樣幾乎就要出事了，奇夫心裏很過意不去。

雖然沒有人受傷，可是存美還是把奇夫的保險和車

牌號碼都記下來了。

存美對Teddy說：「這件事有點古怪。」

Teddy聽完存美告訴她關於奇夫的事，也覺得很奇怪。她說：「這麼一條小路，怎麼可能會將時速定到

80公里呢？」

女孩的媽媽在一旁聽了，也忍不住說：「對呀，我記得應該是30公里才對。」

大家回頭望向那時速牌。

^{nà} ^{lǐ} ^{xiě} ^{zhe} ^{de} ^{jū} ^{rán} ^{zhēn} ^{de} ^{shì}
那裏寫着的居然真的是

^{gōng} ^{lǐ}
80公里！

第參章

存美和Teddy打算走過去看一看那時速牌。

當他們走到奇夫、小女孩和女孩媽媽都聽不見他們說話的地方的時候，Teddy忍不住問存美：「剛才是你救了我吧？」

存美雙眼不看Teddy，
也不回答。

Teddy又說：「那車子
開那麼快居然能就在我面前
停下，而那桌子還能剛好落
在車子前面……」

「那車子太大太重，我

才沒有能力把它完全停下來，只能讓它慢下來。」

存美知道Teddy已經看出來了，而且也不想她以為自己的能力真的那麼大，所以馬

上就接下話來。他想了想，又再加說：「然後我也用桌子來幫了一把忙。」

Teddy的兩隻眼睛張得

又大又圓：「我就知道是你啦！真謝謝你！」

存美連忙說：「你可萬萬別對其他人說我能用心力搬東西的事。」

「放心吧，我不會說出去的。」Teddy問，「沒有

人知道嗎？」

「我爸和忍者知道。」
存美想了想又說，「我媽也
應該知道吧。」

他們來到了時速牌的前
面。

cún měi yī yǎn jiù kàn chū lái le
存美一眼就看出來了。

tā zhǐ zhe nà zi shuō nǐ
他指着那8字說：「你

kàn zhè lǐ shì wán quán bù yī yàng de hēi
看，這裏是完全不一樣的黑

sè yuán běn de zì bèi rén gǎi chéng zi
色，原本的3字被人改成8字

le
了。」

Teddy點頭說：「對，其實站在這裏一眼就能看出來。可是開着車的司機，離那麼遠，汽車又在動，那就一定看不出來的。」

存美說：「這就大問題了。特別是到了晚上，不就

更危險了嗎？」

　　存美說着，就從自己的書包裏拿出了畫畫用的修改水和一塊小毛巾。他要把8字修改回3字。

他回頭看了看高高在上的時速牌，離地面大約有三公尺多吧。他又看了看四周，有人呢，他不能就這樣用心力。存美有點為難了。

Teddy笑着說：「我來吧。」說着就從存美手中拿

過了修改水和小毛巾。她對存美說：「你的肩讓我站一下吧。」

Teddy輕輕一跳就站到了存美的肩上。她的動作輕巧，存美幾乎感覺不到她的重量。

Teddy一邊將8字清洗成原來的3字，一邊說：「要是不馬上修改回去的話，相信很快又會出意外的。」

沒兩下，時速牌又變回30公里了。Teddy從存美的肩上跳回地面，拍拍手，舉

tóu kàn zhe nà xiū gǎi hǎo de shí sù pái
頭看着那修改好的時速牌，
xīn lǐ gǎn dào hěn mǎn yì
心裏感到很滿意。

第肆章

Teddy和存美回到原來
的街上。奇夫已經開車走
了。

小女孩和她媽媽還在那
裏等着。她們都看見了剛
才存美和Teddy合作修改路
牌。

小女孩開心地拍着手對Teddy說：「姐姐是神奇女孩！」

那位媽媽也說：「還好有你們，救了我女兒！又把塗鴉的路牌修改好，這裏的人都要感謝你們呢！」

Teddy帶點難為情地
說：「哪裏啊，這都是我們
應該的。」

小女孩從她的小書包裏

拿出了一個
小圓球，交
給Teddy，
說：「這個給你。」

Teddy拿到手一看，是
一個紅色的木圓球。有點
重，看來是一個實木球。

圓球上面畫着一個面像，一眼看起來像個正在發怒的紅臉關公。可是她把木球一轉，倒過來看時，就變成了一張笑臉。看起來很平

常的這麼一個木球，居然有種說不出的神奇力量。

她媽媽在一旁說：「這是她最心愛的東西，她一定是很喜歡你，所以才會把它送給你呢。」

Teddy聽見，馬上對她

說：「這是她心愛的東西，我不能要呢。」

　　女孩媽媽說：「就請你收下吧。已經是很古老的東西了，我小時候玩過的，後來又給了她。」她想了想，又說：「好像還是我的祖母

小時候玩的東西呢。」

Teddy看着小女孩期望她收下的眼神，便笑着對小女孩說：「謝謝你啦。」

媽媽拉着小女孩的手，對Teddy和存美說：「我們要回家了。再見！」

Teddy和存美說：「再
見！」

第伍章

她們
zǒu le yǐ
走了以
hòu
後，Teddy
zài kàn kàn shǒu zhōng nà yuán qiú
再看看手中那圓球。

suī rán shì jiàn gǔ lǎo de dōng xi
雖然是件古老的東西，
dàn shì dài yǒu yī zhǒng tè bié de qí guāng
但是帶有一種特別的奇光。

tā qǐ le wán xīn bǎ yuán qiú fàng
她起了玩心，把圓球放

在地上滾了一下，說來也奇怪，那圓球停下來的時候總會笑面向上。

存美在一旁看着，也覺

得好玩。他用心力試着把球轉動，使它倒過來，可是當他一收起心力，圓球又轉回笑面了。

　　他們搖了搖圓球，球裏面又不像藏有甚麼別的東西。

「太神奇了！」Teddy
忍不住叫。

她把笑面球交給存美，
對他說：「不如由你來保存
吧。」

存美笑着說：「那小女
孩送給你的呀。你這樣交給

我，她要是知道了可能會哭呢。」

Teddy說：「我救了她，她送給我。可是你也救

了我，所以我現在把它送給你。」

存美接過笑面球。

Teddy又說：「這球要是在我身邊，肯定三兩下就會被我破壞了。要是那樣，那小女孩才更要哭呢。」

Teddy知道自己好動，甚麼
東西在她身邊都不太安全。

存美笑了笑，好像也同
意她的看法，於是把球放進

了自己的書包裏，說：「好吧，那我收起來了。」

　　Teddy說：「我們去吃點心吧。我現在真的很餓了。」

　　兩個人走在路上，他們心裏都在想：「是甚麼人塗

改的路牌，做出這種危害他
人的事呢？除了這裏，還有

其他地方的路牌也被改了
嗎？」

　　兩個人心裏都拿定主
意，一定要找出真相。

　　就在這時，Teddy的手
機唱起了音樂，是她媽媽打
電話來。她一打開手機，就

聽見媽媽對她說：

「我今天要很晚才能回家，你和爸爸先吃晚飯吧，

別等我了。我現在正在警察所。」

咦？甚麼？！

卷七・完

漢字少林 小故事

漫遊世界

每天都能看到
新的東西……

巴西

美國

荷蘭

مَعَ السَّلَامَة

拜拜～

從冰封的世界，
來到了炎熱的國度。

……平和的大佛

大佛，
您好！

梵文，聽起來就
像音樂。

平和的大象……

अलविदा
再會了！

一些 新 相識的 字

第一章

修	業	並	伙	伴	吞	育	練
巨							

第二章

轉	汽	輛	撞	及	倒	尺	司
牌	里	乎	保				

Created and written by
劉俐 Lucia L Lau

ISBN: 978-988-8517-91-6

@infinity6ix

2024年6月　第一版
思展圖書：香港荃灣海盛路11號 One Midtown 9 樓15 室
First edition, June 2024
Sagebooks Hongkong: Room 15, 9/F, One Midtown, 11 Hoi Shing Road,
Tsuen Wan, Hong Kong.
https://sagebookshk.com